LA RÉPUDIÉE

Normalienne, agrégée de philosophie, Eliette Abécassis est née en 1969. Pour écrire son premier roman, *Qumran,* un thriller théologique, elle a voyagé aux Etats-Unis, en Israël et en Angleterre où elle a pu se documenter dans les bibliothèques, visiter les sites archéologiques et observer les différents groupes religieux. *Le Trésor du temple* (2001) poursuit la quête palpitante de *Qumran* sur les traces des Templiers. On lui doit encore *L'Or et la Cendre,* paru en 1997 aux Editions Ramsay. Elle est aussi l'auteur du scénario du film d'Amos Gitaï, *Kadosh.*

D0724135

ELIETTE ABÉCASSIS

La Répudiée

ROMAN

ALBIN MICHEL

© Éditions Albin Michel S.A., 2000.

A ma sœur Emmanuelle.

© Librairie Arthème Fayard, 2001

1

Aujourd'hui j'ai vingt-six ans. Cela fait bientôt dix ans que je suis mariée avec Nathan. Ma sœur Naomi a vingt-deux ans. C'est une jeune femme menue aux longs cheveux bruns, au teint olivâtre et aux yeux presque bridés. Elle a vingt-deux ans, et le temps du mariage est venu pour elle. Mais elle n'est pas amoureuse d'un Hassid. Elle aime Yacov, qui a quitté notre quartier, et elle l'aime depuis qu'elle a seize ans. Le temps du mariage est venu, et c'est Yacov qu'elle veut épouser, c'est lui qui a séduit son cœur. Mais ici on ne veut plus de lui, car il est parti faire l'armée. Le Rav dit que c'est une abomination que de servir ce pays qu'il refuse de nommer, car il refuse son existence avant la venue du Messie.

Nous habitons Jérusalem mais en fait nous n'y sommes pas. Nous sommes ailleurs. Nous ne sommes nulle part. Nous sommes à Méa Shéarim. Entre la vieille ville et la ville nouvelle, c'est un quartier aux maisons basses, aux cours entrelacées, entrées infinies, tunnels confidentiels, petites chambres, mansardes ou caves, balcons de fer forgé, intérieurs, extérieurs, enclaves secrètes. Entrez, venez parmi nous, vous verrez les Hassidim au pas pressé, dans les yechivas où l'on étudie la nuit, le jour, et encore la nuit. Entrez donc, voyez ces hommes aux papillotes, aux lévites et aux barbes noires. Entrez la tête couverte, mais entrez, car l'on ne cesse d'entrer ici, cour après cour, couloir après couloir, boutique et arrière-boutique, entrez donc, et vous sauterez de l'autre côté du miroir de ce pays que l'on n'ose nommer. Pourtant, nous sommes au cœur d'Israël, au centre de Jérusalem, près de la porte de Damas et du quartier arabe de la vieille ville.

Alors entrez, et peut-être posséderez-vous l'avenir, comme nous, si vous rencontrez l'enthousiasme, et peut-être saurez-vous pourquoi le monde fut créé. Mais c'est un secret que ne peuvent connaître que ceux qui entrent, ensemble, sable et mer, dans cette vaste famille qui est la nôtre. Entrez donc, et regardez : nous sommes tous les mêmes avec nos vêtements sombres, notre démarche empressée, et surtout nos yeux, étoiles fatiguées par des nuits et des nuits de veille.

Nos yeux qui se baissent dès qu'ils croisent un regard ont tant lu et ils savent que notre vie est ailleurs, dans les petites rues bondées, dans les cours en quinconce, les ruelles étroites en longues enfilades. Cent portes pour notre forteresse, qu'il faut être prêt à ouvrir. Ici, les tailleurs existent encore, et les scribes écrivent, et les bouchers abattent, et les circonciseurs coupent, et les fabricants font des perruques, et les chapeliers et les casquettiers des chapeaux, mais ce n'est pas pour vendre, c'est pour se nourrir, pour survivre, car nous sommes pauvres devant l'Eternel. Entrez donc si vous voulez voir l'homme en noir. Derrière la porte de sa maison, il y a un rouleau qu'il embrasse, sous son vêtement, il y a un châle de prière, sur sa tête, un chapeau, devant lui, une dynastie, derrière lui, une traîne d'enfants. Caché dans ses couloirs et dans les portes secrètes de son âme, ainsi est le Hassid.

Ici, chez nous, on ne se marie pas par amour. On se marie grâce à l'entremetteur. L'amour vient après les années de vie partagée, les enfants et tout le quotidien qui tisse des liens entre les êtres. C'est pourquoi je n'avais jamais vu mon mari avant notre mariage. Mais lorsque je l'ai aperçu, sous la tente blanche des mariés, le sol a tremblé sous mes pieds, j'ai été saisie. Je ne savais si c'était la peur ou l'émotion. Après j'ai compris : l'amour, pour moi, fut le premier-né.

2

Tout avait été arrangé par un entremetteur qui m'avait donné une photographie de l'homme que j'allais épouser. Une ou deux fois, je lui avais parlé au téléphone. Nous avions échangé quelques mots. Sa voix était belle, grave, et profonde ; son timbre sensible. Pour le reste, c'est Yossef, l'assistant du Rav, qui s'est occupé de tout. Il n'a pas fallu plus de trois mois pour conclure.

La synagogue était remplie de monde. Au milieu de la salle, une tente était dressée. Les Hassidim, portant chapeaux et papillotes, entraient et sortaient. Certains prenaient place, attendaient. D'autres priaient, se balançant à droite et à gauche. Les femmes n'étaient pas visibles : elles se tenaient derrière la barrière de bois qui les sépare des hommes. Mon fiancé et moi fûmes menés sous la tente.

De lui, j'ai connu d'abord un doigt fin, courbé, qui a passé l'anneau autour du mien. Puis, j'ai vu une lèvre tremper dans la coupe de vin que nous avons partagée. On a enveloppé un verre dans un foulard, et d'un coup de pied le Rav l'a brisé, ainsi le veut la coutume, en souvenir de la destruction du Temple.

Alors j'ai soulevé le voile blanc qui cachait mon visage, et j'ai tourné sept fois autour de mon époux. J'ai levé les yeux vers lui. J'ai vu des yeux de lumière sombre, des pommettes hautes et rouges, une bouche mince et pourpre comme la grenade. Il était grand et élancé comme un cèdre du Liban. Il était beau comme la lune, brillant comme le soleil.

Le silence s'est fait. Tout le monde s'est tu. Le Rav s'est levé de son siège et s'est placé au centre de la synagogue. Il avait une longue barbe grise et des yeux noirs perçants. Sa corpulence avait augmenté avec l'âge, et il n'était pas bien grand ; mais il émanait de lui une aura telle que, lorsqu'il entrait dans une pièce, tous les regards se tournaient vers lui, et tous se taisaient.

— Lorsqu'un homme et une femme se marient, dit le Rav, ils peuvent enfin être considérés comme des membres à part entière de la communauté. Car l'homme a été créé à l'image de Dieu, c'est-à-dire qu'il est mâle et femelle. C'est pourquoi le mariage est un commandement divin, et le célibat une atteinte à l'image divine dans l'homme. C'est par le mariage que l'homme peut parvenir à la complétude et à l'au-delà qui permettent d'engendrer le Messie. Toi, Nathan, et toi, Rachel, nous attendons de vous que vous ayez une nombreuse progéniture, aussi nombreuse que les étoiles du ciel.

Ainsi a dit le Rav lors de mon mariage avec Nathan, mon époux.

Puis les Hassidim se sont mis à danser. A certains moments, s'élevaient des cris de ferveur. Les Hassidim dansaient ensemble, les uns contre les autres, leurs corps ondulant dans des cadences folles. Parfois, l'un d'entre eux se détachait du groupe et se mouvait seul, au milieu du cercle.

Une barrière de bois sépare les hommes des femmes. Nous sommes derrière, pressées les unes contre les autres, nous observons les hommes. Nous ne dansons pas. Je voyais leurs visages, j'entendais les cris des danses, et l'inquiétude et la joie qu'ils exprimaient. Mon regard était mêlé aux voix dans la nudité des syllabes ; la mélodie dansait, roulait et chantait, sans paroles, sans l'entrave des paroles, et ce silence enveloppait mon silence.

L'homme qui dansait devant moi tentait, par des mouvements amples et lents, de fasciner son compagnon, jusqu'à ce qu'ils finissent par danser ensemble en rythme, de plus en plus vite, et moi je regardais, et je ne pouvais détacher mes yeux du danseur ivre, du danseur fou : Nathan, mon mari, les yeux fermés, pris par la danse, ébloui par la Présence, et moi je le regardais, et j'étais là, à suivre chacun de ses mou-

14

vements, à respirer chacune de ses respirations, à haleter par ses souffles, à épouser le rythme de son corps. Et lui, il me regardait, et je le regardais me regarder, et je m'unissais à lui en pensée, et nous étions unis par la danse, afin de former un seul corps dans la transe, et que le souffle de Dieu fût sur nous.

3

Cette pièce, c'est notre chambre. Il y a la chambre proprement dite, où se trouvent le lit de Nathan, l'armoire, un fauteuil et un bureau, et il y a cette petite alcôve, où j'ai fait mon nid. J'aime cette pièce de pierres blanches qui rappelle le mur du Temple.

Le matin, je le regarde enfiler ses bas noirs, son pantalon noir, je le regarde lacer ses souliers, revêtir son manteau. Il pose le grand chapeau de feutre sur sa tête, et le voilà. Parfois, en prenant garde de marcher derrière lui pour ne pas le distraire, je le suis jusqu'à la synagogue. J'aime voir son corps se

3

Cette pièce, c'est notre chambre. Il y a la chambre proprement dite, où se trouvent le lit de Nathan, l'armoire, un fauteuil et un bureau, et il y a cette petite alcôve, où j'ai fait mon nid. J'aime cette pièce de pierres blanches qui rappelle le mur du Temple.

Le matin, je le regarde enfiler ses bas noirs, son pantalon noir, je le regarde lacer ses souliers, revêtir son manteau. Il pose le grand chapeau de feutre sur sa tête, et le voilà prêt. Parfois, en prenant garde de marcher derrière lui pour ne pas le distraire, je le suis jusqu'à la synagogue. J'aime voir son corps se balancer, avec sérieux et application, d'avant en arrière, d'arrière en avant. J'aime le voir mettre ses phylactères. J'aime l'observer lorsqu'il lit la prière finale, récitée individuellement et à voix basse, les pieds joints et le visage tourné vers le mur occidental.

J'aime cuisiner pour lui. J'aime la façon dont il mange la nourriture que je lui ai préparée, avec appétit et détermination. Je connais les moindres plissements de sa bouche. Je connais ses goûts : je sais ce qu'il aime et ce qu'il n'aime pas. Je sais qu'il aime prendre un café sans sucre après son repas. J'aime lorsqu'il converse, tout en mangeant, soit qu'il évoque certains textes qu'il a étudiés le matin même, soit qu'il parle des gens de notre communauté. Parfois, je l'observe si avidement qu'il tressaille. Je le regarde. Je me scrute dans son regard. J'ai des yeux bleu-gris et des cheveux noirs coupés court, que je dissimule sous un foulard. J'ai un grand front strié de fines rides. Lorsque j'étais petite, mes longs cheveux noirs tombaient en boucles comme ses papillotes. Lorsque je me suis mariée, je me suis mise à porter un foulard. Les femmes mariées ne doivent pas plaire à d'autres hommes que leur mari. C'est pourquoi elles ne montrent pas leurs cheveux et s'habillent avec modestie. Mes pieds portent des chaussures plates et fermées, mes jambes, serrées dans des bas épais, sont dissimulées sous de longues jupes. Je prie, je prépare le chabbath et j'accomplis toutes les lois concernant la pureté rituelle.

Mon mari étudie à la yechiva, et moi je travaille chez mon oncle comme comptable. Devant la vitrine du magasin de mon oncle, je vois sans cesse passer des enfants, rêveurs ou narquois, espiègles ou sages, et leurs papillotes encadrent leurs visages pâles. Et il y a aussi des adolescents habillés de caftans noirs à la soie brillante, avec des cordons noués autour de la taille, sur des pantalons de satin ; il y a des petites filles en fichus, les jambes disparaissant sous leurs robes, les chevilles prises dans des bas de laine.

C'est ainsi que nous vivons, ainsi que nous avons vécu, pendant dix ans, mon époux et moi, jusqu'au jour où tout a changé.

C'était la veille du chabbath, nous étions à table. Mon mari a trempé le pain dans le sel, pour la bénédiction rituelle. Puis il a pris un petit morceau de pain et l'a mangé. Les lèvres serrées, il n'a pas touché au poisson que j'avais servi dans son assiette. Il a regardé le plat, poisson et tomates, sans manger.

J'ai demandé :

— Qu'est-ce qu'il y a, Nathan ? Pourquoi ne manges-tu pas ?

Il a baissé les yeux, ses cils se sont mis à trembler. Il a commencé à manger, lentement. Les deux chandeliers de la table étaient posés devant nous, vides, les bougies avaient coulé, la veille au soir.

— Tu ne devrais pas, Rachel, a-t-il dit. Tu ne devrais pas organiser ces rencontres secrètes entre ta sœur et Yacov. Dans le magasin de ton oncle, en plus.

— Naomi et Yacov s'aiment, depuis des années. Nous aussi nous nous aimons, depuis des années...

Nathan n'a pas répondu.

— Je connais le fond de ton cœur, ai-je dit.

— Qu'y vois-tu ?

— Je vois que tu souffres. Tu te demandes si nous ne vivons pas dans la faute. Tous tes amis sont pères de trois ou quatre enfants déjà. Les gens de la communauté nous méprisent, les autres étudiants se moquent de toi, se moquent de moi. Tu veux un enfant, Nathan, tu veux un fils. Si, après dix ans de mariage, une femme n'a pas d'enfant, son mari a le droit de la répudier.

— Le droit, a répondu Nathan. Pas le devoir.

Je me suis levée, j'ai ouvert le four. J'ai pris la terrine. Je l'ai apportée. J'ai servi Nathan, mon époux. Ensuite, je l'ai regardé. Il s'est mis à manger, lentement. Parfois, il aidait sa fourchette d'un petit morceau de pain. Puis il s'est arrêté de manger et il m'a souri. Il semblait plus détendu, libéré d'un poids qu'il avait sur le cœur. Il a pris ma main, nous nous sommes levés. Nous sommes allés vers l'alcôve.

Il s'est assis sur le bord du lit, il a enlevé ses chaussures, il a déroulé ses

chaussettes. Il s'est glissé sous l'édredon. Il a remonté le drap. Sa barbe
noire tranchait sur le blanc de l'édredon. Il a arrangé sa calotte sur la tête,
il a fermé les yeux. Puis il les a rouverts
et il a dit :
— Viens !

Plus tard, j'ai préparé du thé et je l'ai
servi à mon mari, sur le lit. Il a ouvert
les yeux, ses lèvres ont remué pour prononcer la bénédiction du thé. « Béni
sois-tu, Toi qui as tout créé par Ta
parole. » Puis il s'est levé, s'est rhabillé,
a pris les livres de la Bible. Il a tourné
la couverture du Pentateuque, et il a
ouvert le livre du Talmud. D'un regard,
il m'a signifié que je devais m'éloigner.
Loin derrière moi, sur les pages jaunies,
les lettres noires dansaient. J'ai pris
place sur une chaise, dans la cuisine.
J'ai tendu l'oreille : mon mari lisait.

« Le lendemain, Moïse s'assit pour
rendre justice au peuple ; et le peuple se
tint debout autour de Moïse, du matin
jusqu'au soir. »

Je connaissais cette histoire et tous
ses commentaires. Mon père me les

avait enseignés, lorsque j'étais enfant. Oui, je connaissais cette histoire. Elle se passe au lendemain de Kippour, le lendemain du jour où Moïse est redescendu de la montagne...

On dit que le chabbath commence
bien avant vendredi, et fait bien après
trois jours avant, la maison frémit à son
approche; il faut au moins trois jours
pour que son parfum se dissipe dans le
bruit tumultueux de la semaine. Le
chabbath est le jour saint, le jour supérieur du repos de l'âme. En été, le chabbath resplendit de beauté comme le
soleil. En hiver, la paix du chabbath
nous enveloppe de son manteau blanc.
Ce vendredi soir, à la tombée de la
nuit, j'ai entendu la sirène annoncer le
début du repos. Les chants rituels
s'échappaient des maisons pour
accueillir la fiancée du chabbath. Alors
tout s'est arrêté, car on n'a pas le droit

4

On dit que le chabbath commence bien avant vendredi, et finit bien après : trois jours avant, la maison frémit à son approche ; il faut au moins trois jours pour que son parfum se dissipe dans le bruit tumultueux de la semaine. Le chabbath est le jour saint, le jour supérieur du repos de l'âme. En été, le chabbath resplendit de beauté comme le soleil. En hiver, la paix du chabbath nous enveloppe de son manteau blanc.

Ce vendredi soir, à la tombée de la nuit, j'ai entendu la sirène annoncer le début du repos. Les chants rituels s'échappaient des maisons pour accueillir la fiancée du chabbath. Alors tout s'est arrêté, car on n'a pas le droit de cuisiner, d'allumer la lumière, ni de travailler en ce jour saint.

Nathan a revêtu sa lévite de satin noir, qui remplaçait la veste longue de laine grossière qu'il porte la semaine. Je l'ai aidé à poser le shtraïmel sur sa tête, avec son bonnet de velours autour duquel étaient attachées des queues de zibeline. Les années passent, et il n'est plus un jeune homme. Mais il est encore plus beau que lorsque je l'ai connu. Parfois, au début de notre mariage, j'étais troublée. Certaines fois, je n'arrivais pas à me concentrer sur mon travail de comptabilité. Ou alors, je laissais brûler la nourriture que j'avais préparée. Je pensais à lui, l'image de son corps me hantait la nuit, me hantait le jour.

Ce vendredi, il a pris un livre, s'est assis dans le fauteuil du salon. Ses doigts suivaient le texte. Sa bouche disait des paroles de louange. J'ai apporté une nappe, l'ai étendue sur la table. Sa blancheur a jeté sur la pièce un rayon de lumière.

J'ai apporté les deux pains tressés, les pains du chabbath, et les ai disposés au centre de la table. Puis je les ai recouverts d'un napperon blanc. J'ai mis les deux chandeliers d'argent sur la table. Puis j'ai mis mes mains sur mes yeux pour les couvrir, et j'ai murmuré la bénédiction sur les bougies du chabbath.

— Chabbath Chalom, m'a dit mon mari.

— Chabbath Chalom, lui ai-je répondu.

Ensemble, nous avons contemplé les bougies du chabbath. Les lumières tremblaient. La première oscillait, tiraillée entre le haut et le bas. La seconde était si faible qu'elle semblait à tout instant sur le point de s'éteindre.

Ensuite nous nous sommes rendus à la synagogue pour la prière du crépuscule. Je marchais derrière mon mari, à quelques pas, ainsi le veut notre coutume. La foule des Hassidim, toute de blanc et de satin noir, marchait nonchalamment dans les rues car, le jour du chabbath, on ne se presse pas. Partout on entendait : « Chabbath Chalom. »

Les femmes allaient ensemble, derrière les hommes qui discutaient et qui souriaient. Les enfants, bien peignés, lavés et habillés, jouaient tout autour.

Après la prière, nous sommes allés chez le Rav, père de mon mari. La table était dressée, avec une nappe blanche et de beaux couverts en argent. Il y avait le Rav, sa femme, Yossef son assistant, Réouven l'ami et le confident du Rav, sa femme et leur fille Léa. Le Rav avait aussi invité ma mère Hanna, mes sœurs, Naomi et Pnina, le mari de Pnina et leurs quatre enfants.

Le Rav a récité la bénédiction du vin. Tous les assistants ont bu à la coupe. Le Rav a pris les deux pains du chabbath. Il les a soulevés ensemble, en disant la bénédiction, puis il a pris l'un d'eux, en a coupé un petit morceau, l'a trempé dans le sel et l'a mangé. Il a ensuite coupé le reste du pain, et à chacun il a donné sa part.

Sa femme a apporté le plat de poisson accompagné de la sauce au raifort. Le Rav s'est servi, il a regardé l'un après l'autre chaque assistant, en avalant une bouchée de temps en temps, avec lenteur. Le Rav a mangé, et tous nous le considérions avec dévotion. Soudain il a levé son regard vers Réouven et vers sa fille Léa. C'était une jeune fille au teint pâle, aux grands yeux rêveurs, à la bouche fine et serrée. Puis, sa femme est partie, elle est revenue avec une bouteille d'alcool qu'elle a débouchée, elle a rempli la coupe de son mari. Les autres hommes se sont également servis. Les enfants, silencieux, retenaient leur souffle, pendant que le Rav, immobile, la coupe à la main, semblait perdu dans ses pensées. Soudain, il a poussé un soupir, et tous du fond de leur âme ont soupiré.

Il y a eu un silence.

— Maman, raconte-moi une histoire, a dit Myriam, l'une des petites filles de ma sœur Pnina.

Et le Rav a parlé :

— Le sixième jour fut le jour de la création de l'homme. Dieu le créa à son image et à sa ressemblance. Mais l'homme était seul. Et triste. Alors Dieu dit : « Il n'est pas bon que l'homme soit seul. » Il endormit l'homme, il prit l'un de ses côtés et il créa la femme. Et l'homme s'écria : « On l'appellera femme, car c'est de l'homme qu'elle a été prise. »

— Et il est dit : c'est pourquoi l'homme laisse son père et sa mère pour s'attacher à sa femme, et ils deviennent une seule chair, dit Nathan.

— Et il est dit : croissez et multipliez-vous, répondit le Rav.

Puis, le silence s'est fait.

Le Rav s'est levé, il a commencé à psalmodier. Les hommes autour de lui l'ont imité, doucement, très lentement. Nous, les femmes, nous ne chantons pas en public, car la voix est comme les cheveux : un instrument de séduction pour l'homme.

La femme du Rav a apporté un plat de viande qu'elle a servi. Le Rav s'est rassis, puis il a commencé à porter la nourriture à sa bouche. Chacun l'a imité, sans prononcer un mot.

Les bougies s'étaient à demi consumées. Le Rav a ouvert le livre des chants du chabbath et il a entonné un autre chant sur un rythme entraînant. Les hommes ont suivi, en tapant du poing, en tapant du pied pour battre la mesure.

Sa femme a apporté un gâteau au

pavot qu'elle a posé sur la table et elle a servi tout le monde. Les flammes de la bougie décroissaient, leur ombre creusant les visages. Les yeux de Nathan brillaient sombrement. Les yeux de Myriam, de l'autre côté de la table, se sont fermés, comme si elle s'endormait. Naomi, à côté de moi, a pris ma main sous la table et l'a serrée. Les yeux du Rav étaient comme deux trous noirs au milieu de son visage.

— J'ai peur, a dit la petite Myriam à sa mère.

— Peur de quoi ?

— Des ombres.

— Moi aussi, a renchéri sa sœur Dvora.

J'ai regardé Nathan. Il a coupé sa viande, fermement. Il semblait absorbé par la contemplation de son assiette.

Les flammes des bougies se sont mises à vaciller, puis se sont éteintes. Le suif a durci autour des mèches prisonnières, et le Rav a dit :

— Il se révélera.

— Mais quand ? a dit Réouven. Le sais-tu ?

Yossef, l'assistant du Rav, triturait le

pain en faisant des petites boules avec la mie.

— Bientôt.

Mon regard a croisé celui de Nathan. Une larme coulait en douceur le long de sa joue.

A ce moment, Naomi a tendu la main pour prendre de l'eau. D'un geste trop vif, elle a renversé la coupe de vin sanctifiée par le Rav, lors de la bénédiction. Une tache vermeille s'est répandue sur la table.

— Il faut que nous fassions tous l'effort de nous élever vers la sainteté, a dit le Rav. Y compris dans notre famille.

Le regard du Rav s'est tourné vers moi. Tous les yeux se sont fixés sur le Rav, qui s'est soudain levé.

Il était minuit, c'était l'heure du Tish.

5

Nous sommes retournés à la synagogue, où avait lieu le Tish. Il y avait une cinquantaine d'hommes, habillés de caftans noirs et coiffés de larges chapeaux de fourrure. Le Rav s'est lavé les mains, il s'est assis à la table recouverte d'une nappe blanche. Les chants ont commencé, lents et recueillis, dans la sérénité du chabbath.

Le Rav trônait au centre de la salle ; tous les yeux tournés vers lui avaient une lueur céleste.

On lui a apporté un plat de poisson, et il y a goûté. Les Hassidim autour observaient chacun de ses mouvements, commentaient chacune de ses paroles, hochaient la tête à ses bénédictions, fermaient les yeux par concentration.

Le Rav a tourné son regard vers son disciple Yossef, et tous alors ont regardé le disciple Yossef.

Le Rav a regardé mon père le bedeau, et tous encore l'ont observé.

Le Rav a considéré Nathan mon mari, et toute la salle a poussé un long soupir.

Après avoir pris un peu de poisson, le Rav a donné le plat à ses disciples, qui ont mangé les restes, ainsi le veut la coutume.

Les voix humaines s'étiraient, ferventes, profondes. Les corps s'élevaient avec les âmes. Nathan dansait, et je voyais son visage qui me regardait derrière la barrière. Il semblait happé par la danse. Il semblait heureux. Plus il tournait et plus je voyais son visage, de près, de loin, et il ne me quittait pas malgré la vitesse, et soudain, oui soudain son âme s'est élevée, et soudain, oui soudain tout est devenu sombre autour de moi.

Nous sommes sortis de la synagogue et nous avons marché dans les petites rues étroites de Méa Shéarim. Je me tenais à quelques pas derrière lui, ainsi le veut la coutume.

— Dis-moi, Nathan, qu'as-tu vu ?

— Pendant un moment, j'ai vu des pages du Talmud sur lesquelles j'avais peiné pendant des heures, et des problèmes se résoudre, comme par miracle.

— Et quoi d'autre ?

— Je t'ai vue, toi.

— Comment ? Où ?

— Ici, dans la rue, couchée à même le sol.

Il s'est lentement retourné.

Alors il m'a prise dans ses bras, il m'a étreinte, et j'ai senti son corps frémir dans mes bras.

— Ce soir, je te veux, a-t-il dit.

Le feu de la danse l'avait embrasé.

6

Peu de temps après, c'était Kippour.
La lumière s'est levée sur la synagogue ;
l'Arche sainte a lui sous son astre de
feu. Mon père Shlomo, le bedeau, passait entre les rangs, important avec sa
barbe longue et pointue. Enveloppé
dans sa lévite, il observait les fidèles à
travers ses lunettes rondes en écaille
noire.

Toute la journée, nous avons prié, et
nous avons jeûné, jusqu'à l'heure de la
Néhila, dernier moment du Grand Par-
don, où l'on doit se concentrer très fort,
afin de se faire pardonner ses fautes et
ses péchés. Tous ont recouvert leurs

yeux de leurs mains, pour prononcer la prière : « Ecoute Israël, l'Eternel notre Dieu, le Dieu Un. » Mon père le bedeau est arrivé près de l'Arche, il a posé son châle sur sa tête, a touché le rideau du bout des doigts, puis l'a porté à ses lèvres. Il a tiré le rideau, il s'est saisi des battants de l'Arche sainte, il les a ouverts en grand. Tous se sont inclinés et se sont redressés, et tous ont récité avec ferveur : « Saint, saint, saint, trois fois saint est l'Eternel. »

Alors mon père le bedeau s'est baissé, il a ouvert l'Arche sainte, il a sorti les rouleaux de la Torah, il a fermé les yeux et ses lèvres l'ont embrassée. Il les a étreints, les a serrés contre sa poitrine et les a portés. Les rouleaux étaient revêtus comme lui d'une lévite. Et les fidèles le regardaient, la tête haute.

Les fidèles ont mis leurs châles de prière blancs aux rayures noires sur la tête, ensemble ils ont entamé l'air de la Néhila. Les yeux mi-clos, ils se balançaient doucement, d'arrière en avant, d'avant en arrière. Tous tremblaient à la fin de la journée en attendant la sonnerie de la corne de bélier. Le jeûne avait jauni les yeux, creusé les joues. Les fidèles avaient un teint blanc, transparent sous leurs barbes noires. Tous attendaient la Néhila, la Délivrance, la grande purification, la sonnerie terrifiante du choffar et ses quatre sons, tékiha, térouha, térouma, chévarim. Tous espéraient la sonnerie du choffar et tous avaient peur du fond de leur âme, et tous s'efforçaient de penser aux choses très saintes. Certains tiraient sur leur barbe, se frottaient les mains ; des épaules se haussaient puis retombaient, des têtes s'enfonçaient sous les châles blanc et noir. Tremblez, mes amis, tremblez ! Bientôt, pour qui entendra le son du choffar, oui bientôt ce sera l'heure, la grande heure de la Néhila !

Alors j'ai vu le Rav se pencher vers son fils, mon époux, et lui murmurer quelque chose dans l'oreille. J'ai vu cela, et moi aussi j'ai tremblé.

7

Tous les mois, c'est la même chose. Je pleure. Je soupire. J'attends. Que le linge au-dessous de moi ne soit point taché de rouge. Et tous les mois, mon ventre me fait mal. Le sang s'échappe, je saigne, je prie, je pleure. Mes larmes mouillent le mur occidental. Telle une brebis abandonnée, ainsi j'erre dans les rues. Mes paupières tremblent, mes jambes vacillent, mes yeux brillent de douleur. Je regarde autour de moi, je ne vois personne pour m'aider.

Ma mère, qui est la gardienne du mikvé, le bain rituel, a honte de ma stérilité. Chaque mois, je viens me tremper dans l'eau de pluie car, à la fin des sept jours sans tache, la femme doit s'immerger dans le mikvé à la nuit tombée, après que trois étoiles ont été visibles.

Il me semble que j'expie quelque chose. Je souffre, je vomis, je me traîne par terre, je cogne ma tête contre les murs. Toute la journée, je reste couchée. Nathan a trouvé un nom pour les jours impurs. Il me demande quand sera finie « ma maladie ». Il n'a pas tort. L'impureté mensuelle, c'est la maladie de la femme stérile.

Mais on ne peut devenir pure que parce que l'on est impure. C'est pourquoi la femme, chaque mois, s'élève en se purifiant. Quand tout est fini, je me rends au bain rituel, je me déshabille, et, aidée par ma mère Hanna, je plonge dans le bassin d'eau froide, tête comprise : c'est une naissance.

— Toujours rien ? demande ma mère.

— Toujours rien.

— Cela va bientôt faire dix ans.

— Je sais. S'il le veut, Nathan peut me répudier.

Après, je marche dans les rues, je vois les enfants autour de moi. Je regarde les bébés dans les poussettes ou dans les bras de leur mère. Je vois les grappes d'enfants, les petits et les plus grands qui traînent leurs frères et sœurs plus jeunes, qui traînent leurs frères et sœurs encore plus petits. D'autres se donnent la main, formant une chaîne interminable : ils appartiennent à la même famille, ils sont neuf et ont neuf mois d'écart. Moi, j'ai vingt-six ans, et voilà que je n'ai pas conçu.

Je sais que c'est inscrit dans le texte, que le but de l'amour physique est la procréation. Pourtant Nathan et moi nous n'avons pas de descendance. Cela fait bientôt dix ans que nous sommes mariés et je suis une femme sans enfant.

Dans notre quartier passent sans cesse des enfants, sages ou rêveurs, gais ou tristes, calmes ou turbulents, des petites filles aux longs yeux et des petits garçons dont les papillotes enrobent le visage poupin. Oui, dans ma rue, il y a des enfants de tout âge, et moi je n'ai pas d'enfant. Je suis une femme stérile.

8

Ce matin, je suis allée à la boutique de mon oncle pour faire les comptes, puisque c'est là mon travail, grâce auquel je gagne un peu d'argent. Ainsi Nathan peut-il aller à la yechiva toute la journée ; et moi je suis fière de travailler pour qu'il puisse étudier.

Hier, je m'apprêtais à sortir quand le téléphone a sonné. C'était Yacov, l'ami de ma sœur, qui voulait venir la voir. Mais il devait se cacher, car il n'est pas licite qu'un homme et une femme se voient avant d'être époux et épouse.

Ma grande sœur Pnina s'est mariée très jeune, et Naomi et moi avons vécu notre enfance ensemble. Nos âmes sont proches, mais la mienne s'étire comme une longue courbe, alors que celle de

Naomi est une petite rebelle. Je l'aime comme moi-même et je ne peux rien lui refuser. Je veux protéger son humeur fragile, tiraillée entre désespoir et révolte. C'est pourquoi j'ai organisé une rencontre entre elle et son amoureux Yacov.

Le lendemain, alors que je travaillais dans la boutique de mon oncle, je l'ai entendu qui frappait. Naomi était là. Elle l'a vu, tel qu'il était, avec ses yeux clairs et son beau sourire ; il avait rasé sa barbe, ses cheveux blonds étaient coupés très court et il n'avait plus de papillotes. Sa tête n'était pas recouverte de la calotte de velours noir qui marque l'appartenance des hommes à notre milieu, mais d'une calotte blanche tricotée.

Il s'est avancé vers elle.
— Tu pleures ? a-t-il dit.
Ils se sont regardés avec une grande émotion et une grande fidélité ; je suis sortie pour les laisser seuls, en prenant garde de ne pas refermer la porte, car un homme et une femme non mariés n'ont pas le droit de s'isoler dans la même pièce, ainsi le veut la coutume.

9

Lorsque je suis rentrée chez moi, Nathan était là. Il m'a entourée, m'a serrée dans ses bras.

— Tu es belle. Belle comme lorsque je t'ai connue. Tu étais si timide ! Tu te souviens, au début de notre mariage ?

— Oui. Oui... je me souviens.

— Tu n'osais pas lever les yeux ! J'avais l'impression que tu ne voulais même pas me regarder.

— J'avais peur.

— Moi aussi. Je n'avais jamais connu de femme. J'avais tout réprimé au fond de moi. J'avais peur de ne pas te satisfaire.

D'une main, il a frôlé mon épaule.

— Ta peau si douce. Tes cheveux... je

me souviens de tes cheveux, jusqu'à la taille.

— Je ne les ai plus.

— Tu es encore plus belle que lorsque je t'ai connue. J'adore te regarder. Je ne me lasse jamais de contempler ton visage. Parfois, cela me perturbe que tu sois si belle. Je n'arrive pas à me concentrer sur mes pages d'études.

Il s'est assis sur le bord du lit, a enlevé ses chaussures, a déroulé ses chaussettes. Il s'est glissé sous l'édredon. Il a remonté le drap. Il m'a dit : « Femme, comme c'est bon. » Son souffle, mon Dieu, son souffle dans son mouvement m'a enivrée, il m'a dit : « Comme j'aime ton corps », il m'a faite femme.

Longtemps, je l'ai regardé dormir. J'étais transie de froid, transie de peur, transie d'amour.

J'aurais tant aimé lui donner un enfant. J'aurais tant voulu avoir un enfant. Le chabbath, à présent, me rend triste. Les années passent et, pour moi, c'est comme au début de notre mariage, lorsque je pensais tant à lui que je laissais brûler la nourriture que j'avais préparée. Ou encore, je mettais trop de sel dans les aliments.

Au commencement... il y avait les ténèbres qui recouvraient l'abîme des eaux enveloppant la terre, et la parole donna l'existence à la lumière. Aujourd'hui, le candélabre aux sept branches éclaire les crépuscules, il brûle dans toutes les synagogues pour rappeler la présence divine. Et on dit que, si la femme allume les bougies du chabbath, c'est pour apporter la lumière dans le cœur de l'histoire.

10

Lentement, précautionneusement, il l'a dévêtue. Elle était parée d'une robe de velours rouge ornée de broderies d'or et d'argent. Il a enlevé les deux couronnes qui la recouvraient, il a défait son collier d'argent. Il a dénoué ses liens, a fait glisser sa robe. Il l'a tenue, nue dans ses bras. Il l'a soulevée, ses yeux ont souri ; il la tenait haut, haut dans ses bras pendant qu'il l'étreignait avec amour. Puis il a posé les rouleaux du manuscrit sur la table.

Ce matin, c'était Nathan, mon mari, qui lisait la Torah, et moi je le regardais, les mains sur les barreaux de bois, à travers les petits trous de la barrière. A côté de moi se tenait ma sœur Naomi, elle aussi regardait la salle des hommes, concentrée derrière sa barrière. Chez les femmes, il y a des cris d'enfants ; il est difficile d'entendre la prière. C'est pourquoi nous regardons à travers ce bois qui nous sépare des hommes que nous voyons, et qui ne nous voient pas car il ne faut pas les distraire.

C'est une petite synagogue. Il y a là une trentaine d'hommes qui prient. Certains des adeptes étudient et discutent, d'autres mettent ou enlèvent leur châle de prière et leurs phylactères dans lesquels sont gardés des passages de la Torah ; d'autres encore entrent et sortent, vont et viennent, debout ou assis.

Chaque matin, Nathan prie ; ses lèvres remuent lentement ou plus vite, son corps se balance en cadence, sa tête s'incline, ses yeux se ferment, il médite en silence.

Il dit : « Tu es loué, Eternel, notre Dieu, Roi de l'Univers, qui as pourvu à tous mes besoins. Tu es loué, Eternel, notre Dieu, Roi de l'Univers, qui donnes de la force à Israël. Tu es loué, Eternel,

notre Dieu, Roi de l'Univers, qui couronnes Israël de gloire. Tu es loué, Eternel, notre Dieu, Roi de l'Univers, qui ne
m'as pas fait naître idolâtre. Tu es loué,
Eternel, notre Dieu, Roi de l'Univers,
qui ne m'as pas fait naître esclave. Tu
es loué, Eternel, notre Dieu, Roi de
l'Univers, qui ne m'as pas fait naître
femme. »

Depuis ce chabbath, Nathan est dis-
trait. Depuis ce Kippour, il élude mes
questions, fuit mon regard. Lorsque je
lui demande la raison de son trouble, il
ne répond pas. Lorsque je prends sa
main dans la mienne, il la retire. Parfois, il sort et, pendant un long
moment, sur le perron, il observe les
gens dans la rue, les petits tailleurs
dans leurs ateliers, les boulangers et les
pâtissiers, les fabricants de perruques
et d'objets rituels, de chapeaux et de
casquettes, les orfèvres, les libraires, et
les vieux rabbins qui s'avancent, clopin-
clopant, aidés d'une canne. Puis il
rentre. Qui attend-il ? Qu'attend-il ?

Je scrute son visage plein de lumière,
ses yeux transparents, je lis sur ses
lèvres serrées, je touche ses mains, je
touche ses bras. Je le désire, oui.

Lorsqu'il me frôle, mon corps frissonne. Un soir, il m'a fait asseoir sur le lit, et il m'a déchaussée. Mes jambes étaient prises dans les bas épais, il a déroulé mes bas, a regardé mes chevilles et, comme fasciné, il a caressé mes pieds. De chaque doigt, il a dessiné la forme de mes doigts de pied. Puis, de ses mains et de sa bouche, il a embrassé mes pieds, des baisers de sa bouche, il a enlacé mes pieds.

Si je le désire, oui... Mes yeux rougissent, mes lèvres tremblent. Mes yeux le voient, la nuit, le jour, mes mains le cherchent, ma bouche l'attend, mon cœur bat à son étreinte. J'aime son odeur, l'odeur de son corps. C'est un parfum enivrant.

11

Le jour se levait sur la synagogue. Les rayons de lumière mate pénétraient dans la pièce, éclairant l'Arche sainte. Derrière la barrière, j'ai vu mon père le bedeau, avec sa barbe longue et pointue d'un blanc jaunâtre, et ses petits yeux perçants. Enveloppé de son châle blanc, il a distribué les livres et les châles de prière, puis il s'est dirigé vers l'Arche sainte. Il s'est arrêté, il a mis son châle sur la tête. D'un geste brusque, il a saisi des deux mains les battants de l'armoire et les a ouverts en grand. Puis il s'est baissé, il a fermé les yeux, et il a embrassé les rouleaux de la Torah ; il les a pris de ses deux bras, il les a étreints sur son cœur.

Mon père s'est avancé en gardant la Torah contre lui. Les fidèles s'écartaient afin de laisser le passage, et tandis qu'il marchait ils s'inclinaient, une frange de leur châle touchant les rouleaux, ils la portaient ensuite à leurs lèvres.

Puis l'assistance a attendu. Certains continuèrent de prier, psalmodiant pour eux-mêmes. D'autres méditaient en silence.

Le Rav a pris place devant la table où se trouvaient les rouleaux de la Torah. Lentement il a commencé à les ouvrir afin de procéder à la lecture.

J'ai entendu mon père le bedeau dire les noms de ceux qui avaient le privilège d'assister à la lecture et de monter à la tribune, et j'ai entendu tous les fidèles louer l'Eternel, car il était digne de louanges.

Après la lecture de la Torah, mon père a pris les rouleaux, les a tendus vers les fidèles pour que tous les saluent, et il les a reposés dans leur Demeure de repos.

Alors le Rav s'est levé de son siège, s'est placé au centre de la synagogue. Tout le monde s'est tu. Et le Rav a parlé, et il a annoncé que l'heure était grave, et il a dit que le Messie allait venir bientôt. Les visages des Hassidim étaient impressionnés par les paroles du Rav. Les femmes aussi l'écoutaient attentivement, leurs mains fragiles agrippées aux barreaux tremblaient un peu. Et le Rav continuait, il annonçait que la fumée montait et que nous étions à la fin des temps, et bientôt, oui bientôt, ce serait la fin du monde !

Alors j'ai vu le Rav se pencher vers Nathan. J'ai vu Nathan le regarder, et j'ai vu Nathan hocher la tête, et son visage tout entier disait : non, et ses lèvres entrouvertes exprimaient la colère sourde de son cœur, et le Rav parlait et Nathan disait « non ».

Etourdie, je suis sortie. Dehors, un enfant pleurait à chaudes larmes. Il était là devant la petite synagogue, perdu. Une femme s'est penchée vers lui et l'a pris par la main. J'ai quitté notre quartier. J'ai marché, marché jusqu'à la vieille ville, jusqu'au mur occidental. Il faisait chaud. J'étouffais de chaleur dans mes vêtements amples au tissu grossier et mes gros bas blancs serraient mes jambes, serraient mes pieds, serraient mon cœur, serraient mon âme.

Le mur resplendissait dans le soleil du matin. Ses pierres blanches s'élevaient, majestueuses, sur les siècles. Les pierres polies du sol brillaient, renvoyant l'éclat blanc du Mur.

« Mur, ô Mur ! ai-je dit. Voici ma prière. Et toi, mon Dieu, écoute, va, ma main est sur toi. Tu vois, ici il y a un homme. Cet homme n'est pas plus beau qu'un autre. Il n'est pas plus intelligent ni plus riche. Cet homme est ton étudiant et il s'appelle Nathan. Et cet homme qui n'est ni plus beau, ni plus intelligent, ni plus riche que les autres, c'est l'homme que tu m'as donné. Et cet homme, je l'ai aimé. S'il te plaît, ne me le retire pas. Ne me l'enlève pas. Ou je mourrai. »

12

L'après-midi, je suis allée rendre visite à ma mère Hanna. Mon père et ma mère vivent dans un appartement de deux pièces, rempli de meubles. Naomi, Pnina, son bébé, ses deux petites filles et ses deux petits garçons étaient là. J'ai pris le thé que m'a servi ma mère et j'ai prononcé la bénédiction sur le thé : « Béni sois-tu, Toi qui as tout créé par Ta parole. »

Les enfants avaient le nez collé à la vitre et regardaient dehors. Leur attention a été attirée par ma sœur Naomi qui s'affairait à la cuisine, tranchant les morceaux de viande à coups brefs et rapides. Les fillettes tendaient le cou et regardaient. Puis elles se sont assises près de moi. J'épluchais un oignon. Des larmes coulaient sur leurs joues. Avec un pan de ma robe, j'ai essuyé leurs yeux.

Naomi a découpé la viande tout en longueur, puis elle a posé le couteau, elle a pris les morceaux et les a ajoutés au tas d'oignons émincés.

Je l'ai entraînée dans l'autre pièce. Elle m'a regardée.

— Tu as pleuré, a-t-elle dit.

— C'est l'oignon.

— Non. Tu as pleuré.

— Regarde, Naomi, ai-je répondu en sortant un papier de ma poche. J'ai reçu une lettre. « Une femme sans enfant, dit-elle, c'est comme si elle était morte. »

— Qui t'a envoyé cela ? m'a dit Naomi.

— Je l'ignore. J'ai demandé à Nathan d'où venait cette phrase.

— Et alors ?

— Elle vient du Talmud.

— Dans le Talmud, a dit Naomi, il y a écrit tout et son contraire. Pour chaque phrase, il y a exactement l'opposé... Chacun y trouve ce qu'il veut. Ici, on nous fait croire beaucoup de choses, ainsi on nous fait faire ce que l'on veut. Et ces lois pendant les menstruations à cause desquelles on nous traite comme des pestiférées ! On n'a pas le droit d'être touchées. Tout ce qu'on touche devient impur. On ne peut même pas tendre un verre à un homme. Tu crois que c'est écrit dans le Talmud, tout ça ?

— C'est la loi de nos pères. Je crois dans cette loi, tout comme toi.

— Parfois ils se trompent, ou alors ils nous trompent. Sais-tu ce qu'ils disent de nous ?

— Que disent-ils ?

— Ils disent que la femme est frivole et qu'elle a le cœur inconstant, et c'est pourquoi elle n'a pas le droit d'étudier le Talmud. Et pourquoi n'a-t-on pas le droit de toucher la Torah ?

— On a le droit.

— Non, je veux dire, dit-elle en attrapant une chaise à bras-le-corps, la prendre avec mes deux mains et me tenir en plein milieu de la synagogue, et la soulever, comme un homme !

— Tu es folle !

— Tu crois vraiment que c'est Moïse

qui a rédigé ces livres, sous la dictée divine ?

— Ils sont l'œuvre d'une main humaine, mais sont révélés en ce qu'ils reposent sur des paroles dites et transmises de génération en génération...

— Regarde les autres, a dit ma sœur. Ils écoutent la radio, ils regardent la télévision. On les voit même se promener en voiture. Les femmes portent des manches courtes. Elles conduisent. Elles rient. L'autre jour, l'une d'entre elles est passée, les bras non couverts. Aussitôt, des Hassidim lui ont jeté des pierres. Tu crois que c'est normal de vivre comme nous vivons ?

— Tu parles ainsi, mais...

— Rachel, tu dois voir un médecin.

— J'y suis déjà allée.

— Non. Je ne parle pas de nos médecins, ils ne t'examinent pas à cause de notre loi. Je parle d'un autre genre de médecin.

Je ne voulais pas me montrer nue à un autre homme que mon mari.

13

La nuit, je n'ai pas pu dormir. J'attendais Nathan dans ma petite alcôve lumineuse.

Il est rentré très tard mais je me suis levée, je suis allée près de lui, je me suis étendue à ses côtés. Les draps dessinaient les formes de son corps. Sa chemise de nuit laissait paraître ses épaules blanches et fines. Il avait étudié, et l'étude se lisait sur son visage pur, lumineux et serein.

Je l'ai caressé dans le creux de son cou et sur les épaules ; pourtant lorsque j'ai voulu l'embrasser sur la bouche, il m'a repoussée. Je lui ai dit que je ne pouvais pas dormir, mais il ne m'a pas écoutée. J'ai pleuré, mais il ne m'a pas consolée.

Je suis allée dans la salle de bains. Je me suis dévêtue. Je me suis regardée dans le miroir. Mes seins et mes hanches ronds étaient beaux et attrayants, mais mon corps stérile n'attirait plus l'homme que j'aimais, et nous n'avions plus le droit de nous toucher puisque ce serait seulement pour le plaisir, non pour la sanctification du Nom divin.

Je suis retournée dans mon alcôve pour une nuit d'insomnie. Tourner et tourner dans mon lit, encore et encore à penser à lui, à son corps, au dessin étrange de son dos un peu arqué, à sa poitrine imberbe. Mon sein me faisait mal de le vouloir. Je rêvais — ou je ne sais si je rêvais —, j'imaginais qu'il était là, près de moi, contre moi. Un frisson me parcourait, rien ne se passait et j'étais seule, délaissée.

La discipline et la maîtrise de soi constituent la clé du bonheur. L'œil voit, puis le cœur désire et enfin le corps pèche. Tous les matins, Nathan met ses phylactères afin de voir la Face du Dieu omniprésent. Tous les matins, il les enroule autour de ses bras, et il se souvient du Nom de Dieu. Et tous les matins, il réfléchit à ce qui est important dans la vie. Et il se demande pourquoi il est né, et quel est le but de l'existence.

Et tous les matins, Nathan met son châle de prière qu'il ne quitte pas de la journée. Il compte les nœuds des fils attachés aux quatre coins du châle. Il y a huit brins de ficelle qui passent par un petit trou près du coin ; ils comportent cinq nœuds et quatre groupes d'enroulement sont situés entre les nœuds. Le groupe le plus rapproché du coin compte sept enroulements, le suivant huit, puis onze, ce qui forme un total de vingt-six nœuds, la valeur numérique du nom de Dieu.

Tous les soirs, Nathan étudie dans la salle d'étude où les élèves disputent des textes deux par deux, ou parfois par groupe de trois ou quatre. Le Rav passe entre les rangs, écoutant ici et là les conversations, et prodiguant ses commentaires. Ils parlent de bœufs et de champs, de prières et de femmes, ils parlent de tout. Mais quel est le sens de tout cela ?

— Tu te souviens, Nathan ? lui ai-je dit, alors qu'il procédait à ses ablutions. La première fois. Il y a bientôt dix ans.

— On venait de se marier.

— Un rayon de soleil venait juste sur notre lit.

— Tu te rappelles ce que je t'avais dit ?

— Que tu voulais être à moi, toujours.

— C'est cela.

— Mais je ne savais pas si cela voulait dire « pour toujours », ou alors « toujours », c'est-à-dire tout le temps que nous serions ensemble. Est-ce que notre amour est éternel ?

— Hier, je suis allé voir le Rav, mon père. J'ai demandé un entretien seul à seul avec lui. Yossef, son assistant, allait et venait, et lui remettait les demandes écrites. Mais j'ai voulu être seul.

— Que lui as-tu dit ?

— La vérité. Dans deux jours, cela fera dix ans que j'ai épousé une femme, et nous n'avons toujours pas d'enfant. Je l'aime. Dois-je m'en séparer ?

— Qu'a-t-il répondu ?

— Il a dit que l'homme et la femme font œuvre de création ensemble, qu'ils ont le divin pouvoir de créer une nouvelle vie, elle-même appelée à créer de nouvelles vies, et ainsi de suite pour l'éternité. C'est ce divin pouvoir qui fonde le mariage.

— Le divin pouvoir, n'est-ce pas la relation que nous avons, toi et moi ? Quel est le sens de toutes nos lois si ce n'est notre couple, toi et moi ?

— Je lui ai dit que je t'aimais. Sa réponse a été que la procréation détermine de façon essentielle l'humanité en ce monde. Il a dit que le monde n'a été conçu que pour la procréation, que le commandement de procréer définit l'homme comme un pont entre Dieu, qui est immortel et ne procrée pas, et les animaux qui engendrent sans en avoir reçu le commandement. Il faut se préparer aux temps messianiques en donnant naissance à toutes les âmes destinées à naître, et celui qui manque à ce devoir retarde la venue du Messie.

— C'est ainsi que le Rav, ton père, s'est exprimé ?

— Et Yossef avait préparé l'acte de divorce.

14

Rouge comme le sang, le sang qui est là, partout, dans nos bouches, dans nos veines, sur ces mains, ces mains tachées de sang, sur ces tissus que je frotte, que je frotte indéfiniment pour enlever les taches de sang. Bien qu'il soit interdit de consommer le sang, la chair animale en reste toujours imprégnée, comme si la vie persistait, malgré le saignement rituel de l'animal, et malgré le gros sel dans lequel la viande a trempé toute la nuit. Je hais ce sang qui coule et me donne la nausée.

J'ai glissé le petit papier dans la fente du Mur. J'ai penché la tête contre le

Mur. Qu'il me baise des baisers de sa bouche, son souffle dans mon souffle. Le mariage, dit-on, est une sanctification du Nom divin. La relation de l'homme et de la femme est sainte, lorsqu'elle se tient au temps convenable, avec une intention convenable. Et voici le secret : quand l'homme s'unit à sa femme dans la sainteté, alors l'union de leurs corps est une connaissance. C'est pourquoi la relation entre l'homme et la femme a lieu de préférence la nuit du chabbath, car le chabbath est le fondement du monde et le reflet du monde des âmes.

Depuis que je suis toute petite, on m'enseigne la pudeur. Les époux dorment dans des lits séparés, ont des relations dans des chambres obscures, l'homme au-dessus de la femme, face à face. Certains disent qu'il faut rester le plus possible habillés.

Alors, pourquoi nous avoir revêtus de chair ? Pourquoi nous avoir affermis d'os et de nerfs ? Pourquoi cette peau qui me brûle lorsque je l'approche ? Pourquoi je n'arrive pas à dormir, la nuit, lorsque je rêve de lui ? Pourquoi ces os et ces nerfs, s'ils ne servent à

rien ? Je ne brûle pas d'avoir un enfant ;
je brûle de le faire.

Cette enveloppe terrestre, si elle n'est
qu'un habit qu'il faut enlever une fois la
nuit tombée, est maudite. Mon front,
mes mains, mes pieds, tout mon corps
le veut.

Son torse, son corps, ses yeux
sombres et sa bouche m'obsèdent.
J'aime ses défauts, son mauvais carac-
tère, son visage anguleux et ses mains
si fines. Je les veux sur moi.

De mes yeux il s'absente. De mes
questions il s'absente. De ma couche il
s'absente. Il dit que nous n'avons pas le
droit. Il dit que c'est inscrit dans le
texte, que le but de l'amour physique
est la procréation. La nuit du chabbath,
alors que la loi nous commande de le
faire, il s'endort. Il dit que nous n'avons
pas le droit, que c'est inscrit. Mais dans
le texte, il est inscrit que le mari a le
devoir de satisfaire sa femme. Et qu'elle
a le droit d'exiger le divorce s'il ne la
satisfait pas. De son cœur je m'absente.
Je cherche son regard, je ne le trouve

pas. Je recherche l'enfant désiré, je ne le trouve pas.

Je voudrais le quitter sans rien perdre, sans perdre l'amour, apprendre à le désaimer je ne peux pas. L'autre soir j'ai pleuré, mais ce n'était pas un torrent de larmes, juste quelques larmes sèches, de vraies larmes de douleur.

— Tu n'as pas mangé...

— Non.

— Cela fait trois jours, Rachel.

— Je sais. Je suis allée au mikvé aujourd'hui.

— Oui.

— Je ne suis plus en période d'impureté.

— Je suis épuisé. J'ai eu une journée difficile. Je veux dormir. Eteins donc la lumière.

— Nathan ?

— Quoi ?

— Tu penses que nous n'avons pas le droit de le faire ?

— Oui.

— Si nous ne le faisons pas, comment aurons-nous un enfant ?

— Cela fait dix ans, Rachel. Nous n'aurons pas d'enfant.

— Nous pouvons encore essayer. Il y a peut-être un espoir.

— La stérilité est une malédiction. Nous n'en sortirons pas.

— Tu crois que c'est le signe que Dieu n'agrée pas notre union ? Que nous n'étions pas prédestinés l'un à l'autre ?

— Je ne sais pas...

— Et notre union ? A toi et à moi ? N'est-ce pas important ? C'est un commandement.

— Je cherche autre chose, à présent. J'étudie. Depuis dix ans, c'est comme si j'avais négligé l'étude. Avant que je ne t'épouse, j'étais remarqué par mes maîtres. J'avais développé ma mémoire... Maintenant, ce n'est plus pareil. J'ai l'impression d'avoir régressé.

Je me suis approchée de lui, je l'ai enlacé, embrassé.

— Laisse-moi... Laisse-moi te donner la preuve que tu n'as pas régressé et que Dieu approuve ce mariage.

Les deux bougies du chabbath étaient posées sur la table. Elles étaient en train de s'éteindre. Nathan dormait dans son lit.

15

— O ma sœur, a dit Naomi, le lendemain, à la synagogue, devant le petit
trou de la barrière de bois. Nous avons
beau nous poser toutes sortes de questions, personne ne nous répondra.
Nous ne sommes que des femmes,
n'est-ce pas ? On n'enseigne pas aux
femmes.

— Ne dis pas cela. Notre père, lui,
nous a enseigné la loi.

— Pourquoi, alors ? Pourquoi est-ce
que je ne peux pas aimer Yacov, que j'ai
tant attendu ? J'ai reçu tant de proposi-
tions. A chaque fois, j'invente un nouveau prétexte, notre mère à présent ne
comprend plus. Elle dit qu'elle est
pauvre ; qu'elle n'a pas d'argent pour

me garder jusqu'à ce que je finisse mes études. En fait, elle ne fait qu'écouter le Rav... Sais-tu ce qu'il a dit ?

— Non.

— Regarde, regarde l'homme que l'on me destine ! Il a dit que je dois épouser Yossef.

Yossef, l'assistant du Rav, est un homme replet. Lorsqu'il prie, la sueur dégouline de ses tempes jusqu'à mouiller son livre de prières.

Aujourd'hui, j'ai fait venir Yacov. Je lui ai ouvert la porte. Puis j'ai appelé Naomi, qui se cachait dans l'arrière-boutique en l'attendant. Il s'est approché d'elle et, délicatement, lui a parlé.

— Yacov, lui a-t-elle répondu. Pourquoi es-tu parti ? Pourquoi m'as-tu abandonnée ? Ne vois-tu pas que personne ne te pardonnera ce que tu as fait ?

— C'est vrai, je suis parti, a dit Yacov, contre l'avis de tous. Lorsque j'ai décidé de faire l'armée, tous mes camarades de la yechiva se sont fâchés avec moi. Jusqu'à présent, mes parents non plus ne me parlent pas... Je sais bien ce que les gens pensent de moi ici. Je sais qu'ils ne permettront pas que je t'épouse.

— Non...

— Naomi, je suis toujours religieux. Au Liban, j'ai connu des jours, des semaines sans sommeil à veiller dans un tank. La guerre, ce n'était pas un jeu, et notre temps est dur, très dur. Mais le soldat que j'étais, en habit vert et mitraillette, continuait, lorsqu'il le pouvait, de se rendre au mur occidental et d'incliner sa tête pour prier.

Naomi s'est retournée. Une larme glissait sur sa joue.

— Qu'y a-t-il ? Dis-moi ce qui ne va pas !

— Ma mère est en train de conclure un mariage avec un autre homme.

— Comment ? Qui est-ce ?

— C'est Yossef, le disciple du Rav.

— C'est vrai ? m'a-t-il demandé.

— C'est vrai, oui, ai-je répondu.

Je suis sortie à nouveau. Je les ai laissés seuls. J'ai refermé la porte.

16

Ce soir-là, Nathan ne s'est pas rendu à la synagogue. Lorsque je lui ai demandé pourquoi, il m'a répondu qu'il préférait éviter de voir son père le Rav, qui voulait lui faire prendre la décision. Il ne savait pas s'il en était capable.

— Il m'a dit qu'il se sentait vieux, qu'il n'avait plus beaucoup de temps devant lui ; qu'il n'avait pas le désir de continuer. Il a dit qu'il voulait mourir le cœur tranquille. Il m'a dit : « Ne sens-tu pas, Nathan ? Ne sens-tu pas une autre ère arriver ? Ne sens-tu pas que quelque chose va se produire bien-tôt ? Nous sommes dans un autre temps ! Il faut prier. Pries-tu ? Jeûnestu ? Fais-tu pénitence ? Alors, il faut se résoudre à faire notre devoir. Tu connais la loi. Le seul but de la vie d'une fille d'Israël est de porter des enfants juifs et de permettre à son mari d'étudier. L'homme a été créé par Dieu pour étudier, alors que l'intelligence de la femme lui est donnée pour participer indirectement à la vie de la Torah en préparant à manger, en nettoyant sa maison et, surtout, en élevant les enfants. Quelle autre joie y a-t-il pour une femme ? Les enfants, c'est notre force. C'est comme ça que nous les vaincrons. — Qui ? ai-je demandé. — Les autres, les impies, les hérétiques qui gouvernent ce pays. Nos enfants, c'est notre avenir, c'est l'avenir de notre judaïsme. Tu comprends, eux, ils n'ont pas d'enfants. C'est grâce à nos enfants que l'avenir nous appartient. — Et pour cela il faut que je me sacrifie, que tu te sacrifies ? ai-je demandé. — Oui. Nous faisons partie de cette lutte, de ce combat pour la sainteté. »

Nathan m'a dit ce que lui avait dit le Rav, son père, puis il s'est allongé sur le lit.

Alors je suis sortie, je suis allée au Mur. J'ai mis ma main contre le Mur, une main contre ma tempe, et j'ai prié.

17

Au bain rituel, je me suis dévêtue. Ma mère, la gardienne du bain, m'a inspectée, m'a coupé les ongles qui étaient déjà ras, puis elle a regardé tout mon corps afin de voir s'il n'y avait pas d'écorchure.

Elle a examiné mes épaules, ma poitrine et mon dos. Elle a passé la main sur la plante des pieds ; avec une lime, elle a enlevé les peaux mortes.

— C'est drôle comme l'examen est toujours très long avec moi...

— C'est parfois du manque de respect pour les lois de la pureté que vient la stérilité, a répondu ma mère. As-tu mis le linge assez profondément ?

— Oui.

— As-tu compté sept jours ?

— Oui.

— Es-tu sûre que le linge est parfaitement propre, sans taches noires ou jaunes ? Es-tu sûre d'avoir bien respecté les lois de la pureté ?

— L'autre jour, j'ai découvert une tache sur mon linge de corps, mais je n'avais pas la sensation que j'ai normalement, lors de la menstruation.

— Qu'as-tu fait ?

— Je suis allée chez le Rav. Je lui ai montré la tache.

— Qu'est-ce qu'il t'a dit ?

— Il m'a dit que cette tache n'était pas illicite, puisqu'elle n'était pas accompagnée de la sensation physique spécifique des menstruations.

— Et alors ? Etais-tu en période d'impureté ?

— Le Rav m'a dit de procéder à la recherche rituelle, de mettre un linge à l'intérieur du vagin. S'il y avait du sang, j'étais en période d'impureté. Sinon, non.

— Alors ?

— Alors il n'y avait pas de sang.

— Tu l'as dit à ton mari ?

— Oui. Mais Nathan dit que nous n'avons pas le droit.

— Mais alors...

— Dis-moi, toi, combien de femmes vois-tu ainsi par jour ?

— Je ne sais pas... quarante, cinquante parfois...

— Suis-je belle et désirable ?

— Comment ?

— Mon corps... il est laid, comparé à celui des autres femmes ?

— Mon Dieu ! On aura tout entendu, ici...

J'ai descendu les marches dans le bassin, jusqu'à ce que l'eau recouvre ma poitrine. Puis j'ai plongé la tête dans l'eau, à sept reprises. Ainsi je me suis purifiée, pour revenir vers mon mari aussi neuve que le jour de mon mariage, pour devenir autre, pour recommencer avec lui notre histoire depuis le départ. Comme la lune recommence à chaque début de mois, ainsi la femme devient autre chaque mois, et l'homme peut la voir comme une nouvelle femme. C'est de l'eau de source, c'est de l'eau de pluie, et l'eau des cieux rejoint l'eau d'en bas, car c'est l'eau de la création. En bas, tout en bas du bassin, je reconnais la source, le lien avec toute existence, en bas, tout en bas du bassin, il y a le silence, le silence absolu. Mon corps recouvert par les eaux retrouve l'origine. Avec un cœur inspiré, j'approche le commandement de l'immersion ; je veux être fidèle à tes lois, je veux te prier de me laver de tout péché et de toute transgression, de toute tristesse et de toute douleur.

Mon cœur battait d'émotion.

« Telle la rose parmi les épines, ainsi est Israël. Que désigne la rose ? La communauté d'Israël, comme la rose, est rouge ou blanche, vit tantôt la rigueur, tantôt la clémence. »

18

Je suis sortie de la maison. Je me suis rendue là où nous n'allons jamais, dans la ville nouvelle. J'ai quitté le quartier. J'ai marché, marché jusqu'au quartier impie. Là, je suis entrée dans la maison. Il y avait une pièce où étaient posés des journaux immodestes. J'ai détourné mon regard. Chez nous, il est interdit de posséder des magazines, des livres et même des radios. Chez nous, il est défendu de s'intéresser à ce qui se passe au-dehors. Nous ne pouvons pas aller au cinéma, pour ne pas encourager notre tentation d'accomplir des mauvaises actions.

Dans cette salle silencieuse, je pensais à mon mariage, à ma nuit de noces... Je savais bien que je n'avais pas le droit de m'enfermer dans une pièce avec un homme. De plus, en me tenant nue. L'homme n'avait ni barbe ni papillotes. Il devait avoir une quarantaine d'années. Il était assez grand, il avait les joues blanches, les cheveux courts, les bras découverts.

Je savais que je n'avais pas le droit de faire ce que je faisais, et même le désarroi profond dans lequel je me trouvais ne justifiait pas que je viole ainsi la loi. J'ai déboutonné ma chemise blanche, j'ai enlevé mes bas beiges, j'ai enlevé ma jupe. Je me suis retrouvée en combinaison, ainsi, devant lui. Il m'a regardée, il m'a dit de me déshabiller.

Je me suis retrouvée nue devant cet homme, plus nue que je ne l'avais été devant mon mari. J'étais là, devant lui, en pleine lumière, je me suis allongée, il m'a regardée. Il m'a demandé si c'était la première fois que je faisais cela, oui, il m'a dit que ce n'était rien et qu'il fallait que je me décontracte. D'une main experte, il a touché mes seins. Puis il m'a dit d'écarter les jambes et, encore une fois, il m'a dit de me détendre. Je n'aurais jamais cru

pouvoir être touchée ainsi par quel-
qu'un d'autre que Nathan.

— Vous pouvez vous rhabiller à présent, m'a dit l'homme.

Je me suis rhabillée. Je me suis assise
devant lui. Il m'a dit :

— Revenez demain pour le résultat
des analyses.

— Je ne peux pas, lui ai-je dit.

— Alors, attendez ici cet après-midi.
Je reviendrai vous chercher.

Je suis allée dans la salle d'attente.
J'ai attendu, attendu. J'ai vu les femmes
arriver. Elles avaient des cheveux
courts, comme moi sous mon foulard.
Certaines étaient enceintes. D'autres
étaient très minces et très jeunes. Certaines riaient, certaines pleuraient.
D'autres, vêtues de jupes et de chemi-
siers aux manches courtes, lisaient ces
journaux que nous n'avons pas le droit
de lire. Trois heures plus tard, le médecin m'a rappelée.

— Il n'y a aucun problème, a-t-il dit.

— Je ne comprends pas, ai-je répondu.

— Vous n'êtes pas stérile.

Je l'ai fixé sans pouvoir parler jusqu'à ce qu'il répète :

— Vous n'êtes pas stérile, madame. Tout est parfaitement normal chez vous. C'est le résultat de l'examen médical.

— Je ne comprends pas...

— De votre côté, il n'y a aucun empêchement à ce que vous ayez des enfants.

J'étais venue pour savoir, mais pas cela.

Je ne suis pas allée chez lui pour avoir cette nouvelle. Je pensais qu'il existait peut-être un moyen pour soigner ma stérilité. Que mon mari soit stérile, et non pas moi, était une nouvelle qui me terrifiait. Je ne pouvais pas le lui dire, bien sûr, parce que je n'étais pas censée aller chez le médecin. Et, quand bien même j'aurais pu, je ne l'aurais pas fait. Je ne voulais pas qu'il se sentît responsable. Je ne désirais pas qu'il en fût humilié. J'étais triste, encore plus triste et désemparée.

Je suis allée au Mur. J'ai apporté la photo qui me l'a fait connaître. Je l'ai pliée, l'ai enfoncée dans l'un des trous du Mur.

Puis je suis rentrée chez moi. Nathan dormait déjà. Je me suis approchée de lui. Doucement, doucement, je l'ai réveillé.

— Je suis allée au mikvé, ce soir.

— Oui.

— Je ne suis plus en période d'impureté.

— Je suis épuisé, a-t-il répondu. J'ai eu une journée difficile. Je veux dormir.

Il a éteint la lumière.

19

Le lendemain, je range du linge blanc dans une armoire où il y a aussi des livres et des documents. Je fais un peu de place, soulève quelques dossiers, lorsque, soudain, je tombe sur l'acte de divorce que Nathan a placé là. Sous mes pieds, le sol vacille encore.

Je rassemble mes forces, je rassemble mes affaires, je pose lentement mes vêtements, mes bas et mon livre de prières dans une valise. Soudain, je trouve un petit châle de prière : celui d'un enfant. Je le regarde. A ce moment, Nathan arrive.

Sur le pas de la porte, nous nous

regardons. Je tiens le parchemin dans ma main. Je le lui tends. Il me le rend. Les mains tremblantes, il me le rend.

Oui, c'est ainsi que cela se passe : nos yeux se croisent sur le pas de la porte. Nous nous regardons au fond de l'âme. Je lui tends le parchemin. Je le considère : lettres floues, lettres noires agrandies, lettres de feu. Mes doigts tremblent, je ne peux les contenir. Mes épaules aussi. Tout mon corps frémit. Il me retient entre ses bras. Longtemps, nous restons ainsi, sur le pas de la porte, serrés ensemble, avec amour et pitié.

Alors, je pars avec ma valise, je vais chez ma mère, je reprends ma chambre, ma chambre de petite fille. J'y rêve, couchée sur le lit, je me repose. J'entends mon sang comme s'il battait dans mes veines, je sens en moi une fatigue telle que le monde entier peine sur mes épaules. Me hisser hors du lit me semble un effort insurmontable. Jusqu'où sombrerai-je ?

Alentour, Nathan n'est pas là. Il n'attache pas ses phylactères. Alentour, il n'y a plus rien. Où suis-je ? Que faire ? Je suis seule. Je suis une femme répudiée. Un homme né pour le monde entier n'a pas intérêt à s'engager dans les liens d'un mariage stérile. Sa sainteté. Voilà le plus important. Son élévation spirituelle. Mais comment peut-il accepter de se séparer de moi ? Comment croire à l'élévation si nous sommes ainsi séparés ?

Je me réveille, rougie par les ongles que je m'enfonce dans la peau. Je souffre de cette honte que je ne veux pas qu'il subisse. J'ai l'impression d'être devenue un monstre pour les autres. Tout le monde me regarde, me désigne, me dénonce.

Je fais tout pour l'oublier, je me réfugie dans la prière et j'invoque le nom de Dieu. Je dis : Mon bouclier, c'est Nathan. Mon rocher, c'est lui, et mon bonheur. Mon secours au point du jour, c'est lui. Ma lumière, c'est lui. Lui seul peut me relever de la poussière. Lui seul sait me rendre aussi heureuse qu'une mère de famille. Il rend mon cœur ferme et assuré. Il est ma lueur au point du jour, ma flamme secrète dans les ténèbres.

Comment l'oublier alors que je le désire ? Je délire la nuit, je délire le jour. Je le veux encore, dès le premier moment je l'ai voulu, c'est ma prière du soir. Et puis je suis jalouse, et la jalousie me dévore. Je lui en veux. C'est lui qui a tout brisé ; il a brisé notre amour, il a rompu sa promesse. Il ne m'aime plus. Je ne lui suis plus bonne à rien, croit-il. Alors il me jette, se débarrasse de moi, me faisant rougir en public. Nous avions tout, et nous avons tout perdu.

Notre mère dit que lorsqu'un renard est pris dans un piège, il se coupe la patte avec ses dents pour en sortir. Mais je ne peux pas le perdre. Je ne peux pas me séparer de lui. Je vais le voir. Je l'épie. Je suis là à la sortie de la synagogue. Je me poste devant ses fenêtres, mes fenêtres. Je regarde les ombres car je suis une ombre. Je me glisse dans la nuit indéfiniment. J'erre dans les rues de Méa Shéarim, sans but. Je n'ai plus de maison. Je n'ai plus personne. Mon corps me fait mal tant je pense à lui. Il me manque, oui, et il me manque dans ma chair. Je le désire et ce désir me brûle la peau.

Je me lève avec lenteur. Dans la cuisine de ma mère, il y a de la vaisselle sale dans l'évier. Je rassemble les tasses à café, je les place les unes dans les autres. Je prends la pile penchée des tasses, j'attrape la cruche à café vide posée sur le plancher, je mets le tout dans le baquet. Je lave la vaisselle. Le contact des objets me fait un drôle d'effet. Des larmes glissent de mon visage, sans s'arrêter. L'eau tombe, brûlante, sur les tasses, l'eau coule, et je pleure par cascades comme l'eau qui coule.

J'aurais tant voulu qu'il soit là.

Ma sœur Naomi est venue me rendre
visite. Elle se glisse à côté de moi dans
le lit. Elle me caresse les cheveux, les
yeux, les joues. Ses petits yeux bleus ne
sourient plus. Ses petits yeux ont sont
de longues vacances qu'ils aimeraient.

— Tu sais ce qu'ils disent? Ils disent
que la semaine prochaine, c'est mon
mariage. Avec Yossel.

Elle se lève, esquisse un pas de danse.
Puis elle prend une poupée, tourne
autour, comme si elle tournait autour
du marié, sept fois autour de la tour
qu'est le fiancé de la fiancée le tour de
la mariée.

— Moi mariage avec Yossel?

20

Ma sœur Naomi est venue me rendre visite. Elle se glisse à côté de moi dans le lit. Elle me caresse les cheveux, les yeux, les joues. Ses petits yeux bridés ne sourient plus. Ses petits yeux étirés sont de longs yeux tristes et tourmentés.

— Tu sais ce qu'ils disent ? Ils disent que la semaine prochaine, c'est mon mariage. Avec Yossef.

Elle se lève, esquisse un pas de danse. Puis elle prend une poupée, tourne autour, comme si elle tournait autour du marié, sept fois autour de la tour qu'est le fiancé de la fiancée, le mari de la mariée.

— Mon mariage avec Yossef !

Soudain, elle s'affale sur le lit avec sa poupée désarticulée.

— C'est ce qu'ils disent, mais... Tu sais quoi ? Je suis une fille bien, non ? Bon, d'accord, je n'aime pas beaucoup faire la cuisine et le ménage, mais... bientôt j'apprendrai la comptabilité comme toi pour gagner de l'argent afin que mon mari puisse étudier, et puis je me couperai les cheveux, et puis je passerai ma vie à être enceinte, et puis... Je vais me donner à Yacov, avant le mariage. Ainsi, Yossef verra que je ne suis plus vierge, et il me répudiera ! Tu vas m'aider, n'est-ce pas ?

Son petit corps si fin, si étroit, est parcouru de sanglots violents. Je l'enveloppe de mon étreinte et je l'embrasse.

— Très bien, dit-elle. Ici, c'est la demeure des démons, le repaire de tous les oiseaux de mauvais augure qui abreuvent les nations de leur vin de fureur. Je hais Ses créatures. Je hais Sa création. Je Le hais !

Je n'ai pas répondu.

— Dis-moi. Dis-moi comment c'est. La première fois... Votre nuit de noces, à toi et à Nathan ? Raconte. Tu ne m'as jamais raconté.

Tendrement, elle m'enlace, me caresse les cheveux. Ses petits yeux plissés sourient, inquiets et insistants.

— Dis-moi.

— Le soir, ai-je murmuré dans son oreille, je me suis retrouvée sur le lit avec mon époux... Il a dégrafé ma robe blanche, il a enlevé ma chemise... Nous nous sommes retrouvés ensemble, étendus sur le lit de l'alcôve...

» Mon mari a enlevé les souliers noirs qui accueillaient ses pieds, puis ses bas noirs... Il a fait glisser son pantalon... Il a ôté sa chemise blanche, et sous la chemise... Il a hésité avant d'enlever le petit châle de prière : c'est le signe de l'Alliance... Il ne connaissait pas la loi dans ce domaine... Autour de sa taille, il avait noué la cordelière, afin que soient séparées la partie directrice du corps et la partie prosaïque... Il l'a défaite, il a éteint la lumière... Nous étions dans la pénombre...

— Et alors ?

— Il a engagé une conversation, charmant mon cœur et apaisant mon âme. Il m'a dit des mots qui m'ont conduite au désir, à l'étreinte et à l'amour. Mon cœur a été attiré par ses paroles de grâce et de séduction. Il ne m'a pas fait violence. Il a caressé mon corps. Puis mon mari m'a connue. Il s'est introduit en moi par la voie de l'amour et du consentement.

Je me tais. Ses petits yeux étonnés me regardent au fond des yeux.

— Lève-toi, Rachel, m'a dit ma sœur. Lève-toi.

Alors, je me lève. Je marche dans la rue, dans ma rue, jusque sous ses fenêtres, mes fenêtres. Je veux lui dire encore de revenir à moi et d'être à moi, ou plutôt non : je veux lui dire qu'il ne doit pas se remarier, que nous devons être ensemble, que nous n'avons plus le choix, mais aucun son ne sort de ma bouche, et je ne peux rien dire, et je ne peux pas parler. Je veux dire que je cherche un réconfort auprès de lui. Je veux dire que je n'ai plus rien, que je suis à la merci de tous. Et c'est auprès de mon mari que je cherche du secours, mais je n'ai plus de mari. Je veux dire tout cela, mais je ne peux pas, car aucun son ne sort de ma bouche et ma bouche est stérile.

21

Aujourd'hui est le jour du mariage de Yossef et de Naomi. Sous la tente, les mariés seront rassemblés, avec le Rav, et ma mère. Le fiancé offrira à sa fiancée un anneau, puis ils boiront ensemble la coupe de vin. La mariée, selon la coutume, tournera sept fois autour du marié, et la fête commencera.

Je me souviens. Je vois les époux rassemblés sous la tente, avec le Rav, mon père et ma mère. Je vois le fiancé offrir l'anneau à sa fiancée, je les vois boire la coupe de vin. Je vois la mariée et son mari, et je vois, oui, je vois la mariée tourner sept fois autour du marié, son mari, et la fête commencer. Les Hassidim dansent, dansent autour, la danse de l'amour, la danse de l'oubli, la danse de la mort.

Je vois le verre se briser, je ne sais plus ce que cela me rappelle.

Avant le mariage, tous se rassemblent autour du Rav, et le Rav parle, et voici qu'il annonce : « Le peuple qui marchait dans les ténèbres verra une grande lumière. Il est là, bientôt, il sera là, parmi nous, je vous le dis, je vous le promets », ainsi parle le Rav.

Tous attendent la venue de la mariée. Mais la mariée n'est pas là.

Avant le mariage, Naomi s'est levée. Elle s'est habillée. Elle a mis du rouge sur ses lèvres, elle a ébouriffé ses cheveux, ses beaux cheveux qu'elle avait coupés pour le mariage, elle a retroussé ses manches comme les femmes dans la salle d'attente du médecin. Puis elle s'est regardée dans la glace et elle a grincé des dents.

Elle est sortie. Elle a marché, marché seule dans la rue. Elle est arrivée au quartier impie. Elle est entrée dans un bar. Dans l'atmosphère enfumée, les garçons et les femmes discutaient ensemble. Une femme fardée chantait. Les hommes écoutaient.

Une femme l'a regardée. Elle s'est avancée vers elle.

Elle s'est approchée d'elle, lui a touché les cheveux.

— Alors, ma belle, on se dévergonde ? Viens, je vais te présenter deux ou trois autres dévergondés.

Lorsque Yacov est arrivé, ma sœur Naomi s'est avancée vers lui, lentement. Elle lui a tendu la main. C'est lui qu'elle voulait voir.

Lorsqu'elle est revenue à Méa Shéarim, il était déjà trop tard. Yossef l'attendait sur le pas de sa porte.

— D'où tu sors ? T'as vu l'heure ? a-t-il dit.

Elle n'a rien répondu.

— Où est ton foulard ? Et ta robe de mariée ?

Elle n'a rien dit.

— Tu vas me dire d'où tu sors, oui ? Tu vas me le dire ?

Il l'a attrapée par le bras.

— Qu'est-ce qui te prend ? Tu veux

105

ruiner nos vies ? Tu sais ce qu'on fait aux femmes adultères ? a-t-il hurlé. Tu le sais ? Espèce de prostituée !

Ses yeux étaient noirs comme un gouffre profond.

Il s'est avancé vers elle.

Elle le regardait, sans peur.

— Je le jure devant Dieu, je vais te tuer !

Alors ma sœur Naomi est montée chez nous. Elle est venue me voir et me raconter son histoire, elle m'a embrassée, et elle est partie chez Yacov. C'était lui qu'elle voulait.

22

La nuit, je rêve de Nathan, je
l'appelle. Autour de moi, les flammes
brûlent. Mon cœur abrite le sourire de
ses lèvres, comme au jour où je l'ai vu,
pour la première fois... C'était notre
mariage. J'ai tourné sept fois autour de
lui, sans le quitter des yeux, et je lui ai
souri... L'homme que j'ai épousé. Un
rayon lumineux était sur nous, alors
que nous nous étreignions dans
l'alcôve. La petite fenêtre était entrou-
verte, le rideau palpitait doucement, et
il y avait ce vent, la brise de Jérusalem.
Sans Dieu, l'homme et la femme sont
appelés à se consumer l'un l'autre. Mais
s'ils font place au Nom dans leur vie, ils
peuvent ne former qu'un, unis par un

lien invisible qui crée une unité, un lien
éternel.

Je me souviens de la nuit, notre nuit
de noces. J'avais peur de l'homme qui
allait s'introduire en moi. Je ne savais
que faire avec mon époux, que lui dire :
que j'avais peur, que j'étais terrifiée, ou
sont-ce là des choses qu'on ne dit pas ?
Etait-ce normal ? Etait-ce étrange ? A
seize ans, je n'étais plus si jeune. Hor-
mis ma mère, personne n'avait vu mon
corps. J'avais peur que mon époux me
regarde, et qu'il me touche, aussi, dans
mes parties intimes. Cette idée m'était
presque insupportable, et en même
temps elle provoquait comme un frisson à l'intérieur de moi.

Le soir, j'étais sur le lit avec mon
époux. Il a dégrafé ma robe blanche, il
a enlevé sa chemise. Nous nous
sommes retrouvés ensemble, étendus
sur le lit de l'alcôve.

Comme tout le monde, mon mari a
de longues mèches torsadées de chaque
côté du visage. Le jour et la nuit, il ne
quitte pas la calotte de velours noir qui

108

recouvre largement sa tête, même lorsqu'il met son chapeau.

Nous étions dans la pénombre. Mon mari nu aurait pu m'effrayer ; cependant, en le voyant ainsi, j'ai eu un mouvement de surprise, mais pas de crainte. Mon cœur a été attiré par ses paroles de grâce et de séduction. Mon corps s'est approché du sien.

J'avais suivi un cours pour les femmes qui vont se marier. Je connaissais toutes les lois. L'homme doit être au-dessus de la femme, les deux époux doivent se faire face. La chambre doit être obscure. Il est interdit à l'homme d'embrasser sa femme dans les parties intimes. Et certains prescrivent de rester habillés. Cependant, on dit que nous, qui avons la Torah, nous croyons que Dieu a tout créé d'après le décret de Sa sagesse, et nous ne pouvons penser qu'il a créé quelque chose de vil ou de laid. Voici ce que nos sages ont déclaré : « Au moment où l'homme se joint à sa femme dans la sainteté, la présence divine est entre eux. »

La nuit, j'étais sur le lit avec mon époux. Il a dégrafé ma robe blanche, puis il a enlevé sa chemise. Il ne m'a pas fait violence. Il m'a caressée à l'intérieur, son cœur sur mon cœur avait la couleur du sable, la couleur du miel, la couleur du jour, il était blanc comme les nuits, les nuits d'amour sous les petits jours, comme l'écume blanche de l'eau, il était savoureux et tendre comme l'eau qui enveloppe le corps purifié. Il était brillant comme un argent doré ; à la lueur de l'aube, il était brillant.

C'était dans la ténèbre. Il m'a approchée, frôlée, renversée. J'ai senti son âme. Mon corps, léger, s'est élevé doucement au-dessus du monde, j'ai volé, je me suis posée et j'ai flotté. Il m'a dit : « Ouvre les yeux. » Je les ai ouverts. Il m'a dit : « Regarde-moi. » Je l'ai regardé. Il m'a dit : « Je t'aime, Rachel, pour toujours. »

Patience, patience, mon Aimé, je suis
là, je Te rejoins, je viens à Toi. Je
marche dans la rue, c'est bientôt l'aube.
Il est temps pour moi d'aller prier. La
grisaille a fait place à la lumière, et le
jour se lève. Les lions dorés, sur leurs
pattes arrière, reculent, reculent,
reculent. Le bedeau passe entre les
rangs, se dirige lentement vers l'Arche
sainte. Il s'arrête, met son châle sur la
tête, touche le rideau du bout des doigts
qu'il porte à ses lèvres, tire doucement
le rideau. Lentement, il saisit des deux
mains les battants de l'Arche sainte.

Devant moi, il y a Nathan, que je
regarde, claquemurée derrière les barreaux de bois, les mains agrippées aux

barreaux. Je pense à lui, à tous les rêves communs, à l'enfant désiré, la rêverie m'emporte, je ne peux l'arrêter. Je regarde Nathan qui prie ; qu'il prie à présent, qu'il prenne la prière comme un réconfort, qu'il s'élève seul puisqu'il n'a pu s'élever avec moi, qu'il accède au sommet de la roche comme il a aimé monter sans moi, qu'il sache si là-haut, tout là-haut, il atteindra ce qu'il croyait voir d'en bas, sans moi. Je ne pleure pas, c'est la fin : j'ai été aimée, aimée et adorée, aimée et séduite, autrefois je me rappelle, autrefois, autrefois.

J'ai jeté tous mes vêtements, j'ai jeté mes vêtements, et moi aussi j'ai demandé l'aumône d'un regard, j'ai persévéré vers le moindre espoir, j'ai animé l'encensoir, j'ai patienté impatientée, j'ai lavé la blessure, cette grande soif d'amour, j'ai combattu, j'ai retenu mes larmes, j'ai changé, j'ai réagi, j'ai pris de l'âge, j'ai donné tout ce que je n'avais plus, j'ai tout quitté, j'ai tout perdu, j'ai tout quitté, je n'avais pas peur, j'ai tout changé et moi aussi, j'ai vécu dans les souvenirs, je n'ai pas renié le passé, j'ai tenu le fil de la mémoire, j'ai propagé les paroles de l'amour, j'ai longtemps médité sur la fin de l'amour, j'ai tant aimé tant aimé, j'ai tout perdu, j'avance dans le noir, je n'ai plus de courage. On s'en va en hâte, brusquement, ou on ne s'en va pas du tout, on s'en va sans crier gare, la pâte n'est pas levée, le pain de liberté c'est un pain azyme, un pain blanc et plat, un pain sans goût comme la liberté au début, un pain de souffrance, on se libère de ses chaînes, dans la nuit sans crier gare, on s'en libère brutalement ou pas du tout, et moi, le froid m'a saisie, et c'est la fin de l'amour, j'ai été aimée, c'est la fin de l'amour, aimée et adorée, c'est la fin de l'amour, aimée et répudiée.

Alors mon père, devant l'Arche sainte, se retourne et se place au centre de la synagogue. Et mon père veut parler, et il veut dire quelque chose, prononcer un discours, et les Hassidim ne l'écoutent pas et les visages des Hassidim ne sont pas attentifs aux paroles d'un bedeau.

Mais mon père, le bedeau, parle. Devant tous il s'exprime, et voici qu'il parle de la Torah et du saint Commandement d'union de l'homme et de la femme, et voici qu'il clame que Dieu est présent lorsque l'homme s'unit à sa femme dans le mariage et que personne, non personne, ne peut séparer la femme à l'homme partagée.

Alors tous se taisent, et tous écoutent les paroles du bedeau transfiguré, et tous se taisent sauf le Rav qui se tourne vers son fils.

24

Demain, sera le mariage de Nathan et de Léa, fille de Réouven. Ensemble, les mariés seront rassemblés sous la tente, la tente blanche des mariés, blanche comme le chabbath, et blanche comme l'étreinte des époux lors du chabbath et blanche comme la paix du chabbath. Blanche comme la pâte que je pétris pour faire les pains du chabbath, et blanche comme la farine et comme le levain qui monte, et la pâte qui colle à mes mains lorsque je cherche à faire une boule compacte pour le pain. Oui, blanche comme cette pâte que je fais pour le pain du chabbath, que je travaille sans relâche pour lui donner une forme encore plus belle, encore plus ronde, plus parfaite. Blanche comme la flamme des bougies qui s'amenuise avant de bleuir. Blanche comme le suif qui coule autour des mèches vivant leur dernier instant, comme les flammes des bougies qui s'étirent, et les mèches qui se tordent, et les restes de suif qui coulent, le soir du chabbath, lorsqu'elles s'effilochent, que l'obscurité s'installe, que les ombres grandissent et que les couples s'étreignent. Blanche comme l'eau du bain rituel qui enveloppe mes épaules, ma poitrine, et mon dos qu'il faut examiner pour voir s'il n'y a pas d'écorchure, rouge sur blanc, et passe, passe encore la main sur la plante des pieds, et sur les ongles des mains, et passe, oui passe encore la main dans mon dos. Oui, j'ai mis le linge profondément, oui, j'ai compté sept jours, oui, le linge était parfaitement propre, sans tache, pourquoi l'examen est-il si long avec moi ?

Maître du monde, j'approche, avec un cœur inspiré, l'accomplissement de la loi de l'immersion pour la pureté. Je veux être fidèle à Tes lois et je cherche la pureté. Comme les eaux du bain qui me purifient, je prie pour me laver de mes péchés et de mes transgressions, et ainsi de toute la tristesse qui m'habite. Je m'immerge dans ton eau blanche, je ferme les yeux, je reste au fond, tout au fond car je ne veux plus remonter ; les stries noires du bassin et l'eau claire sont mon châle, mon châle de prière... En bas, tout en bas, je m'enveloppe du châle d'eau aux rayures noires ou bleues comme des lignes d'écriture tracées sur une feuille blanche, je prends les franges et je compte le nombre de nœuds et de tours : vingt-six.

Il ne reste plus de mes noces que le drap, je l'ai emporté. Je l'ai examiné, je le prends dans mes mains ; je m'étends de tout mon long sur le lit et je mets le drap sur mon corps. Recouverte du drap, je me relève. Une autre femme, à ma place, dans ma maison, dans mon lit avec mon mari. Cela m'est insupportable. Ses bras blancs, tout blancs, son torse blanc, son ventre et puis le reste, à travers le drap, je les vois encore, je les sens contre mon corps. Sur le drap, il y a son odeur, l'odeur de son corps.

Il est minuit. Je me lève, je marche telle une somnambule. Je me glisse dans les rues. En marchant je rêve de

25

Il ne reste plus de mes noces que le drap, je l'ai emporté. Je l'ai examiné, je le prends dans mes mains, je m'étends de tout mon long sur le lit et je mets le drap sur mon corps. Recouverte du drap, je me relève. Une autre femme, à ma place, dans ma maison, dans mon lit, avec mon mari. Cela m'est insupportable. Ses bras blancs, tout blancs, son torse blanc, son ventre et puis le reste, à travers le drap, je les vois encore, je les sens contre mon corps. Sur le drap, il y a son odeur, l'odeur de son corps.

Il est minuit. Je me lève, je marche telle une somnambule. Je me glisse dans les rues. En marchant je rêve de lui, dans mon cœur je l'appelle. Dans mon cœur demeure le sourire de ses lèvres, comme au jour où je l'ai vu pour la première fois. Oui, un rayon lumineux était sur nous, qui nous éclairait de sa blancheur absolue.

Il y a dix ans, je me souviens de ma nuit de noces. Mon sang a jailli sur le vêtement, je le laverai, oui, je le laverai en lieu saint. J'ai revêtu l'habit de lin, le feu de l'autel brûle sans s'éteindre, ainsi est la règle. A l'endroit où il m'aima, je m'immolerai, nous serons ensemble pour l'éternité.

Ainsi s'écoule la vie, tantôt blanche tantôt rouge. Blanche comme la fleur de lis comme l'alcôve comme la pierre blanche de Jérusalem. Rouge comme les fruits comme le soleil rougissant rouge comme la colère rouge comme le sang qui couvre les linges blancs. Blanche comme les draps et les voiles de mariage. Blanche comme l'âme de mon mari qui est le fil blanc dans lequel j'ai tissé ma vie. Blanc et rouge comme le drap le voile percé le linceul qui enveloppe mon corps à jamais. Blanc comme le front livide de la femme désertée, blanc comme le linceul, son drap, comme le voile du rideau sur notre lit de mariés,

voile drap robe féminité

chant et âme

me voilà.

26

Patience, patience, mon Aimé, je suis là, je te rejoins, je te veux, je veux mourir d'amour. Je sors, je me faufile dans les rues étroites. Je suis un fantôme, presque. Je ne veux plus parler, plus répondre. Je m'achemine vers le silence. En marchant, je rêve de toi, dans mon cœur, je t'appelle. Dans mon cœur demeure le sourire de tes lèvres, blanc comme le chabbath, comme les cent portes hiératiques, comme la pierre de Jérusalem, comme la lumière du signe ineffable.

Je me lève, je marche, il est minuit, je vais chez moi, chez toi, chez nous, je m'étends près de toi, dans l'alcôve, à ma place, sur son lit, mon lit, notre lit. Tes bras blancs, tout blancs, ton torse blanc, ton ventre, tes mains, je les embrasse. Je m'étends de tout mon long près de toi, ton corps, je l'enlace. Je ne veux plus me relever, j'aspire à la mort et la mort m'aspire, je ne peux lutter, la force est grande qui m'attire, je veux mourir, je veux mourir, car seule la mort peut égaler notre extase et notre extase fut forte comme la mort, je vais m'étendre, m'étreindre, m'éteindre près de toi, mon souffle dernier sera pour toi, ô toi ma lumière, je m'immerge dans les eaux profondes de tes baisers, je reste au fond, tout au fond, où l'eau est claire comme le châle de prière, je la vois qui m'enveloppe, qui m'absorbe, qui m'attire pour ne plus revenir, patience, je viens, sur le vaisseau d'argile en partance, emportée par le torrent des larmes sèches,

j'avance dans le noir, je viens vers toi,

encore, laisse-moi le boire encore, le vin d'amour, le vin de mort, laisse-moi me glisser dans l'alcôve qui est notre tente, notre tente d'assignation, la nuit, jusqu'au matin, que je brûle, que le feu

de l'autel m'emporte, j'ai enlevé l'habit
de lin, je suis près de toi, nous sommes
ensemble pour toujours, ainsi s'est
écoulée ma vie, blanche comme les
voiles du mariage, comme le bassin de
pluie, le corps qui enveloppe mon
corps, unie à mon Aimé, dans son sein,
ainsi je meurs d'amour ainsi je meurs.

Du même auteur

Aux Éditions Albin Michel :

LE TRÉSOR DU TEMPLE, roman.

QUMRAN, roman.

Chez d'autres éditeurs :

L'OR ET LA CENDRE, roman, Ramsay.

PETITE MÉTAPHYSIQUE DU MEURTRE, essai, PUF.

Composition réalisée par JOUVE

IMPRIMÉ EN ALLEMAGNE PAR ELSNERDRUCK
Dépôt légal Editeur : 21213-05/2002
LIBRAIRIE GÉNÉRALE FRANÇAISE - 43, quai de Grenelle - 75015 Paris.
ISBN : 2 - 253 - 15288 - 9

❖ 31/5288/1